I0540097

NED, EL PEQUEÑO SALTIMBANQUI

Ned: The Young Acrobat

1921

Anónimo/Anonymous

Compiladores / Curated by
Armando Miguélez Martínez / Óscar Somoza Urquídez

Traducción al inglés / English translation
Óscar Somoza Urquídez

Edición / Edited By
Óscar Somoza Urquídez / Armando Miguélez Martínez

PREAMBULO Y DEDICATORIA

Hacer memoria de nuestros antepasados y reconstruir una pequeña parte de su legado es un honor. Desde nuestros bisabuelos hasta nuestros nietos, que unen el pasado con el presente, como un espejo en el que podemos vernos día tras día. Y desde el amor por la lectura que nos legaron aquéllos, nos ha servido de aliento a cada paso en este proceso. Por lo mismo, y como tributo y homenaje para al pueblo mexicano de los Estados Unidos que ha creado, atesorado y difundido esta hermosa herencia literaria a través de los siglos, contra viento y marea a veces, para beneficio y deleite de los pequeños lectores de hoy en día.

También para nuestras hijas e hijos: Melina, Jazmín, Armando, Xana, Ariana y Armando; nietas y nietos: Citlali, Nahuel Amado, Leo, Santiago, Lara, Isaac y Milo Sebastián.

Esperamos que estos cuentos sean recuerdos de divertidos y tiernos momentos de su propia niñez, y que puedan gozar de nuevo cuando los lean a sus propias hijas y nietos.

Para todos los niños de la tierra: niños de edad, sensibilidad y esencia.

PREAMBLE AND DEDICATION

To the memory of our ancestors, it's an honor to reconstruct a small part of their legacy. From the time of our great grandparents to our grandchildren, who connect the past with the present, it is like a mirror where we can see each other day after day. The love of reading that they continue to pass on to the younger generations has inspired us at each step in this process. This is a tribute to the Mexican people in the United States for having created, treasured, and disseminated their beautiful literary heritage for hundreds of years, many times against all odds, for the benefit and enjoyment of today's young readers.

For our children: Melina, Jazmín, Armando, Xana, Ariana, and Armando; and for our grandchildren: Citlali, Nahuel Amado, Leo, Santiago, Lara, Isaac, and Milo Sebastián.

We hope that these stories are reminders of fun and tender moments of their own childhood and that provide enjoyment when they read them to their own children and grandchildren.

For all the children around the world: children in age, sensitivity, and essence.

En aquella carreta de gitanos que iba de pueblo en pueblo, viajaba un niño que respondía al nombre de Ned. No parecía tener más de doce años. Era ágil, ejecutaba flexiones inverosímiles, como contorsionista consumado, y era, por lo demás, un acróbata, en toda la extensión de la palabra.Cuando la gente de un pueblo rodeaba, llena de curiosidad, la carreta para ver la habilidad de aquellos vagabundos, los mejores aplausos eran para Ned, y con justicia plena.

Ned was a young boy, about twelve years old, who traveled from town to town in a wagon with a circus of gypsy performers. He was an accomplished contorsionist, so agile that he flexed his body in unbelievable ways. He was also a fantastic acrobat. Each and every time these wandering artists performed, the audiences in each town were so impressed that Ned consistently, and rightly so, received the loudest ovations.

Cierto día los zíngaros se detuvieron para plantar la carpa de su circo en un pueblo que aparecía dominado por un magnífico castillo. Los hombres de la compañía tomaron sus tambores y comenzaron a recorrer las calles para anunciar la hora de la representación. Este anuncio despertó, como ocurría siempre, mucha curiosidad. Pero nadie contempló a los forasteros más absorto que un niño que no debía tener más de ocho años y que, por la noche, al ver las proezas de los acróbatas, se dijo:

— *¡Ah! ¡Si yo pudiese ser tan ágil!...*

Aquel niño pertenecía a la familia que habitaba el castillo. Nunca había visto nada semejante. Le admiraron, sobre todo, las pruebas de Ned. Y cuando éste hubo concluido y se inclinó en un saludo gentil a la concurrencia, el niño lanzó un *¡bravo* ! tan fuerte que el pequeño acróbata, halagado, se volvió hacia él y le dirigió una sonrisa de agradecimiento.

On one occasion the gypsy troupe set up their circus tent in a village overlooked by a magnificent castle. As customary, the men walked down the streets playing their drums announcing their performance. This spectacle was of great interest for the townspeople, but no one was more curious than a boy who must have been no more that eight years old and who, while watching the acrobats' performance that night thought to himself:

— *Oh! If only I could be so nimble!...*

This boy lived in the castle with his family, and he had never seen anything similar. Ned had a strong impact on the little boy, to the point that when he finished his performance and bowed to the crowd, the boy yelled *bravo* ! so loud that the little acrobat, flattered, looked his way and smiled in gratitude.

A la mañana siguiente, el niño, que se llamaba Pedro, corría por la carretera persiguiendo una mariposa; cuando se encontró con Ned. Se reconocieron y se saludaron. Pedro dijo cuánto envidiaba al acróbata. Este le refirió su vida de miserias y de trabajos, triste vida sin hogar, ambulando siempre. Y como Pedro dijese que en todo caso esa vida debía ser más agradable que el tener que estudiar, Ned le explicó:

— *No lamentes tu existencia. Eres rico, tienes un papá y una mamá, vives en una linda casa y debes ser feliz. Yo soy pobre, no tengo padres, ni nadie que me quiera, y estoy destinado a errar toda mi vida por los caminos. Te quejas. Pues bien: ¡de qué buena gana cambiaría mis habilidades de acróbata por las dulzuras de una familia!*

The next morning Pedro, which was the boy's name, was chasing a butterfly when he ran into Ned and told him how much he admired him. Ned told him about his own life full of misery and hardships; a sad life, without a home, always on the road. When Pedro said that kind of life should be more enjoyable than going to school, Ned explained to him:

— *Don't regret your life. You are rich, you have a father and a mother, you live in a beautiful home and must be happy. I am poor, I don't have parents, and no one to love me, and my future is to wander on the road my whole life. You complain. Well: I would be glad to trade my acrobatic skills for the joy of having a family!*

Pedro se compadeció y dijo a su improvisado amigo:

— *Puesto que no tienes a nadie en este mundo, ¿por qué no te vienes a vivir con nosotros?*

— *Es imposible , repuso Ned, sonriendo amargamente:*

— *Tú perteneces a una familia distinguida: yo no soy más que un pobre saltimbanqui. Pero, mira: ya que tan buen corazón demuestras tener, desearía hacer algo por ti. ¿En qué puedo servirte?*

Pedro reflexionó un instante. Luego dijo:

— *Mira: en un campo de ahí abajo hay un álamo muy alto, en cuya copa anida una pareja de grajos.*

Ningún muchacho se ha animado a trepar para traerme el nido ¿Quieres subir tú?

— *¡Me encantaría!*

Cruzaron algunos prados en los cuales pacían animales vacunos.

Pedro listened carefully to his new friend, and said:

— *Since you have no family, come and live with us.*

— *It's imposible , replied Ned, smiling sadly:*

— *You are part of a distinguished family; I am just a poor acrobat. But, listen: you seem to have a good heart, ¿so what can I do for you?*

Pedro thought about it and quickly said:

— *There's a very tall poplar tree in that field, and at the top there is a crow's nest. The other boys haven't been able to climb the tree and bring me the nest. Can you do it?*

— *I would love to!*

So they started walking on the field along with the with grazing cattle.

— *Toda esta hacienda, advirtió Pedro con cierto orgullo, pertenece a mi papá. Parece que hay algunos toros temibles; pero yendo contigo no tengo miedo.*

Llegaron al pie del álamo en cuestión. Era alto, en efecto, pero Ned afirmó:

— *¡Tendrás el nido!*

Y comenzó a subir lentamente por el tronco, y se hallaba ya a la mitad de éste cuando se oyó un gran grito de angustia. Ned miró abajo y vio que Pedro, presa de súbito terror, corría hacia él. El animal, que pacía tranquilamente, se había enfurecido de pronto al agitar el niño su birrete rojo con la alegría que le producía la próxima posesión del nido anhelado, y corría dominado por la cólera.

Advirtiendo el peligro, Ned no vaciló. Se deslizó rápidamente por el tronco sin preocuparse de las lastimaduras que las rugosidades le producían, y viendo esa maniobra, Pedro, enloquecido, corría hacia el pequeño saltimbanqui, procurando la salvación que no se veía por ningún lado.

— *This hacienda belongs to my father, Pedro pointed out with pride. There are some scary bulls, but with you I'm not afraid.*

When they got to the base of the tree, they saw that it was tall, and Ned told Pedro:

— *I will get the nest for you!*

And he began to climb the tree slowly. When he reached the half-way point he suddenly heard a distressed scream. Ned looked down and saw that Pedro, in horror, was running towards him. One of the animals that was grazing peacefully had suddenly become furious when the boy waved his red cap happy that he would soon have his nest, and the enraged animal started chasing him.

Ned realized that it was dangerous and didn't hesitate. He quickly slid down the trunk without thinking about getting injured on the rough surface. When he saw Ned move, Pedro, full of fear ran towards the young acrobat, hoping to be saved, but it didn't look promising.

Pero el toro estaba ya cerca. Decidido, Ned tomó a Pedro por la cintura y arrastrándolo comenzó a dar vueltas alrededor del árbol, con la esperanza de que así el animal, menos ágil para revolverse en un círculo pequeño, acabaría por fatigarse, y daría tiempo para que pasase por allí alguien a quien pedir socorro. Pero el toro, hábil en su instinto, al ver que en el ímpetu de su carrera le era imposible alcanzar su presa disminuyó la rapidez de aquélla, y el peligro aumentó entonces considerablemente.

Con todo, Ned continuó aun, bien que más fatigado cada vez, pues Pedro pesaba demasiado para sus fuerzas de adolescente; sus gambetas a fin de escapar al toro. Y como éste se detuviese al fin, el muchacho juzgó que era llegada la oportunidad de huir, y así lo hizo. Pero el toro no estaba agotado ni mucho menos. Se lanzó en seguimiento de los dos muchachos. Ned tuvo que trabajar más todavía arrastrando a Pedro y obligándole a continuar en zigzag para evitar el ímpetu de la fiera. Y, en aquella carrera desesperada en que tan cercana veían la muerte ambos niños, un inesperado obstáculo sugirió a Ned un último recurso de defensa. En su camino se alzaba un sauce, y el acróbata saltó a él, y tomando a Pedro de la mano lo izó hasta las ramas, justamente en el instante en que el toro, ciego de ira, en vez de atropellar al niño atropellaba al árbol, sacudiéndolo violentamente.

The bull was getting close. A determined Ned took Pedro by the waist and spinned him around the tree, hoping that the animal would get tired and someone would come to rescue them. On instinct, the bull realized that it was imposible to catch them and slowed down. But, the danger increased considerably for the two boys.

Ned kept getting tired because Pedro was too heavy for him. When the bull finally stopped, Ned got away. But the bull wasn't tired, far from it. He kept chasing them, so Ned had to work even harder dragging Pedro and making him continue in zig-zag fashion to avoid the wild beast. Both boys thought they would die and, running in a last-ditch attempt, an unexpected obstacle suggested to Ned another chance. He saw a willow tree, climbed it, took Pedro by the hand and raised him to the branches, just at the moment in which the bull, in an outburst of anger, ran into the tree, making it shake violently.

— *¡Nos hemos salvado!, exclamó Ned, lleno de alegría.*

Pedro estaba tan asustado que no tuvo siquiera fuerzas para articular una sola palabra. Más al cabo de unos instantes, y viendo que el toro, en presencia de su presa, parecía dispuesto a no abandonarla, dijo:

— *¡No se va! ¿Qué vamos a hacer?*

En efecto, el toro estaba allí, inmóvil, alta la cabeza, contemplando a los niños, como si esperase que cayeran. A lo lejos, en todo el contorno, no se veía a nadie. Y poco después el animal comenzó una serie de embestidas contra el sauce, amenazando derribarlo. La situación se agravaba, pues. La angustia de Pedro no tuvo límites y rompió a llorar desesperadamente. Ned trató de buscar el modo de alejar a la fiera. Finalmente dijo:

— *We are safe! Ned cried out happily.*

Pedro was so scared that he kept silent. After a few moments, the bull had not gone away, and was still

staring at them when Pedro said:

— *He isn't leaving! What are we going to do?*

The bull was still there, motionless, with its head raised high, looking at the boys, as if wishing for them to fall from the tree. Shortly after, the animal began bumping the tree with its head, as if threatening to knock it down. And it got worse. Pedro was so scared he started crying desperately and Ned kept trying to find a way to drive off the wild animal. He finally said:

— *Se me ocurre una idea, anunció al fin. Agárrate bien y no te preocupes de mí.*

Pedro vio con sorpresa que el pequeño acróbata se quitaba el saco y que desenrollaba una larga faja que llevaba puesta. Luego se la envolvió en un brazo, y aferrándose a la rama más baja, se quedó suspendido en el aire. Así esperó un instante. Y cuando el toro, persistiendo en sus acometidas contra el árbol, embistió una vez más, Ned se dejó caer sobre el cuello del animal y, agachándose, se agarró fuertemente de las astas. El toro, más furioso todavía, se sacudió como para despedir al molesto y extraño jinete, pero Ned resistió bien. Y en seguida, soltándose un instante brevísimo, tomó la faja y con ella cubrió los ojos al toro, que, después de sacudirse un poco más, se quedó desconcertado por la falta de vista y ya no intentó librarse del muchacho.

— *I have a plan. Hold on tight and don't worry about me.*

Pedro was surprised when he saw the young acrobat take off his coat, and unrolled a long sash he was wearing. Then he wrapped it around one arm, and holding on to the lowest branch, he dangled in mid-air, and waited a moment. When the bull kept slamming the tree, and lunged one more time, Ned fell on the animal's back and, crouching, he held on tight by the horns. The bull, even more furious, shook itself to get rid of the annoying rider, but Ned held on tight. Immediately, and letting go for a brief moment, he took the sash and covered the bull's eyes. The bull kept on tossing for a while, but got confused because it couldn't see. Finally, it stood still.

— *¡Pronto, Pedro! gritó entonces Ned:*

— *¡Descuélgate del árbol y corre a tu casa! ¡Haz que venga alguien para atar al toro! ¡Apúrate!*

Pedro, lleno de pánico aún, no se hizo esperar la orden. Unos minutos después acudían varios peones que, luego de atar al toro a aquel mismo sauce, permitieron que Ned recobrase su libertad.

****

El pequeño acróbata carecía de familia, según lo hemos dicho. Cuando el conde tuvo noticia de la forma valerosa y abnegada en que había salvado a su hijo, le pidió que se quedase para siempre en el castillo. Claro está que el zíngaro aceptó de todo corazón. Y desde entonces, endulzada su vida por la amistad firme y leal de Pedro y por el cariño de todos, el pequeño saltimbanqui no conoció ya la miseria.

— *Quickly Pedro , Ned shouted:*

— *Get down from the tree and run to your house! Tell them to come and help! Hurry!*

Pedro, still panic-stricken didn't wait any longer. A few minutes afterwards a few of the ranch employees showed up and, after tying the bull to the same willow tree, Ned was able to come down.

****

As we have said, the young acrobat didn't have a family. When the Count heard about the brave and selfless manner in which he saved his son, he asked him to stay and live permanently in the castle. The gypsy, of course, accepted with much joy. From that moment, and embraced by Pedro's strong and loyal friendship and, loved by everyone, the young acrobat lived a happy life.